Alberto Raimondi

ARIE DA CONCERTO

2012

Youcanprint *Self-Publishing*

Titolo | Arie da Concerto
Autore | Alberto Raimondi
Immagine di copertina | © tycoon101 - Fotolia.com
ISBN | 978-88-67515-38-7

Youcanprint *Self-Publishing*
Via Roma, 73 - 73039 Tricase (LE) - Italy
Tel. +39/0832.1836509
Fax +39/0832.1836533
www.youcanprint.it
info@youcanprint.it
Facebook: facebook.com/youcanprint.it
Twitter: twitter.com/youcanprintit

"Le mie nature morte ancora prima di un loro valore pittorico e costruttivo, ne debbono avere per me uno lirico ed interiore [...] Non si tratta semplicemente di conchiglie, di frutti, di oggetti in riva al mare. Il mare talora entra come puro elemento lirico [...] Una specie di febbre mi prende quando, dopo aver fissato i colori delle conchiglie in primo piano, devo "fare il fondo". **Ciò che preme è l'aria**, in cui questi valori cromatici, conchiglie o frutti o anche oggetti vari, devono respirare e prender vita."

(Filippo de Pisis, *Confessione* pubblicata nel 1931 su "L'Arte" di Adolfo e Lionello Venturi)

ARIA DI CASA

L’albero di ciliegie era lì, al limite dell’orto che si estendeva in lieve pendio dal selciato rettangolare del cortile condominiale giù giù fino alla roggia Molina.

Per arrivarci bisognava scendere attraverso una scaletta in pietra di alcuni gradini, percorrere pochi metri del declinante sentiero e svoltare subito a sinistra per una pròsa a cui si accedeva dopo aver aggirato un cespuglio multicolore che avevamo imparato a chiamare *pirus.*

Fino a primavera inoltrata i suoi rami si rivestivano di un ricco manto di fiori rosa con venature bianche e quindi si caricavano di piccoli e teneri frutti dalle varie tonalità di rosso, che in verità più che ciliegie erano amarene, da noi semplicemente denominate *marene.*

La loro polpa era asprigna e amarognola e non soddisfaceva troppo lingua e palato, tanto più che la nostra impazienza d’impossessarci anzitempo, con infantili ruberie, di quelle brusche sferule sanguigne, impediva loro di raggiungere la giusta maturazione secondo legge di natura.

Il libero godimento di quel ben di Dio, poi, ci era contrastato dai numerosi uccelli – merli, passeri e storni - che a frotte e con rapidi voli si posavano fra il fitto del fogliame per sbocconcellare coi loro beccucci i morbidi frutti, ma soprattutto dall’ortolano Filippo, un burbero vecchio dalle mani grosse e nodose, che spesso brandiva un bastone destinato a dissuadere i malintenzionati dai piccoli e grandi furti che continuamente lo affliggevano.

Per evitare di essere sorpresi con le mani nel sacco, ponevamo a turno di guardia sul sentiero uno di noi che, all'arrivo di Filippo, doveva lanciare un fischio di avvertimento per darci modo di scendere rapidamente dai rami e di nasconderci, acquattati dietro una siepe lì vicina.

Attorno alla pianta, richiamati dallo stillicidio dei succhi dolciastri, ronzavano continuamente vespe ed altri insetti, mentre sciami di moscerini turbinavano un po' ovunque intorbidando l'aria stagnante nella prima calura estiva.

Qualche volta, di sera, dopo una giornata passata a percorrere in bicicletta un infinito numero di giri lungo il perimetro del cortile o a giocare combattute ed estenuanti sfide al pallone, era un piacere abbandonarci sudati sotto i rami dell'albero delle *marene* ed attendere di vedere, attraverso il mobile tremolio delle foglie, macchie di cielo mutare colore dal puro azzurro, al dorato, al porpora, fino al blu intenso della notte che cominciava allora a pulsare per il bagliore delle prime stelle.

Le vivide luci che sprigionavano il loro chiarore da quelle lontananze siderali e da punti così remoti dell'universo ci riempivano l'animo di stupore e di mistero: chissà se davvero le anime dei nostri morti, dopo aver attraversato le infinite distese dello spazio, sospinte da una specie di vento rigeneratore, trovavano lì la loro nuova ed eterna dimora?

Qualcuno invece diceva che esse finivano nel minuscolo corpo delle lucciole, come quelle che al di qua della Molina tracciavano tra la verdura i loro tenui e intermittenti segnali luminosi, ma i più si rifiutavano di credere a una simile panzana, sostenendo piuttosto che il vero compito delle lucciole era quello di *fare i soldi* con la loro saliva, come ognuno poteva constatare una volta che fosse riuscito a catturarle e ad imprigionarle sotto un bicchiere capovolto sul tavolo della cucina: il mattino seguente, al posto dell'insetto, vi avrebbe invariabilmente trovato un piccolo tesoro in monetine o, eccezionalmente, persino in cartamoneta.

* * *

Qualche anno dopo, certi pomeriggi estivi capitava d'inforcare la bicicletta e di partire (talora in compagnia di amici, ma più spesso solo) alla scoperta di qualche località sperduta tra campi, rogge o filari di pioppi.

Se l'itinerario era orientato verso il paese di mia madre, una volta superato il passaggio a livello ferroviario del Chiosino, già da subito mi sentivo avvolto dall'abbraccio verde della campagna. Preferivo imboccare stradine poco battute tra campi odorosi di fieno, felice di ascoltare il rumore ritmico dei pedali o il ronzio dell'aria attraverso i raggi delle ruote in rapido movimento; e se nel tragitto capitava d'incontrare qualche contadino con gli attrezzi in spalla, un veloce cenno d'intesa valeva più di qualsiasi esplicito saluto.

Spesso il percorso si snodava lungo traiettorie ampie e mutevoli, con i campi stipati di alti fusti di mais a far da viva barriera ai bordi della strada, come gallerie vegetali a cielo aperto che percorrevo a tutta velocità e col vento in faccia. Intorno, quasi ovattati, si percepivano i rumori costanti della campagna: stridi lontani di rondini e acuti gorgheggi di uccelli sopra il *basso-continuo* di un gracidare di ranocchie e un incessante frinire di grilli. Mai come allora rigagnoli e freschi corsi d'acqua, come lucide lame tra i prati, specchiavano il cielo, rigati in superficie dalla scia nervosa d'insetti, mobili sul pelo dell'acqua per rapidi scatti controcorrente.

E in quella specie di armonia cosmica una sosta davanti ad una remota cappelletta sul ciglio della via era il semplice pegno pagato alla fede millenaria dei padri, mentre il ristoro alla fatica in un'ombrosa radura circondata a corona da alberi frondosi era una sorta di abbandono panico in grembo a Madre Natura.

* * *

Se l'estate era il periodo dell'anno in cui tutti i sensi venivano sollecitati ed eccitati fino al parossismo, l'autunno che sopravveniva sembrava ancor più attenuare, con il grigiore perlaceo del cielo, quelle estenuanti espressioni di energia vitale.

Ci si abbandonava pigramente, rabbrividendo, all'abbraccio freddo della nebbia, come insetti assonnati in una sorta di bozzolo silenzioso. Era piacevole però camminare stretti tra i propri pensieri, ben avvolti in quella specie di atmosfera vaporosa e ovattata, che impediva di vedere a sei metri dal proprio naso.

Qualche volta prendevo la direzione della città bassa verso il fiume e scoprivo lungo le rive dell'Adda angoli appartati dove era possibile osservare la corrente che dalla superficie esalava un soffice vapore. Lo stupore si univa alla meraviglia di scoprire in quel flusso inarrestabile il senso del tempo che scorre, dell'alternarsi delle stagioni, dell'ora presente con i suoi rumori e i suoi colori, solo un po' sbiaditi per l'alito nebbioso del fiume: era per me una situazione che, più di ogni altra, riusciva ad avvicinarmi alla famosa esperienza leopardiana dell'Infinito, anzi, era proprio quello il mio infinito....

ARIA DI FAMIGLIA

LA PREGHIERA IN FAMIGLIA

Non sono molte le realtà che, come questa, hanno subito modifiche così radicali nel corso degli ultimi tempi. Secondo i racconti dei vecchi di famiglia, le antiche e lunghe veglie invernali di preghiera passate dai più davanti al camino, magari intercalate da letture ad alta voce di brani edificanti della Filotea, per i meno fortunati consistevano invece in prolungati raduni nella stalla più vicina, alla ricerca, oltre che del ristoro dell'anima sul ritmo d'interminabili litanie, anche di un po' di tepore esalato gratis dal fiato degli animali.

Poteva allora accadere che le devozioni finissero per sconfinare in chiacchiere e che qualche bontempone, attraverso un pertugio creato ad arte sul soffitto della stalla, vi lasciasse penzolare l'arto inferiore, accompagnando l'atto con voce come d'oltretomba: *"Dòne devote, / andè a durmì ch'l'è mesanòte. / San Pèder lo cumanda / e questa l'è la sò gamba."* L'estemporanea e un po' irriverente apparizione, seminando tra i presenti brividi di paura più artificiosi che reali, poneva comunque fine tra le risate ad ogni ulteriore indugio, sacro o profano che fosse.

Da una preistoria che potrebbe ben figurare in una scena de "L'albero degli zoccoli", si entra nella storia antica con il triplice rosario della sera dei Morti, croce e delizia di tanti bambini di una volta: mentre le dita del *pater familias* con cadenza regolare facevano scorrere imperterrite i grani della corona, le teste dei piccoli ciondolavano tra il sonno e l'interminabile attesa di assaggiare le castagne, già sul fuoco, quasi pronte per sparire in bocca....

Più o meno in quella stessa epoca c'erano anche le preghiere del Mattino e della Sera, che si svolgevano secondo lo schema seriale del Vi adoro mio Dio, Padre nostro, Ave Maria, Gloria, Credo con la sua famosa sequenza cantilenante *"là comunione dei Santi, là remissione dei peccati, là resurrezione della carne"*, Salve Regina e L'eterno riposo. La piccola liturgia domestica si concludeva con una breve invocazione proprio alla Sacra famiglia, che lasciava nell'animo infantile un senso di sottile inquietudine, però dolce come un fiducioso abbandono: *" Gesù, Giuseppe e Maria, vi dono il cuore e l'anima mia; Gesù, Giuseppe e Maria, assistetemi nell'ultima mia agonia; Gesù, Giuseppe e Maria, spiri in pace con voi l'anima mia."*

Ma un modello di preghiera familiare così semplice, ma anche così abitudinario, non poteva reggere a lungo di fronte alle esigenze spirituali delle nuove generazioni, più propense ad esprimersi in un rapporto diretto e spontaneo con Dio. Alla preghiera tradizionale si ricorreva comunque in un recente passato tutti insieme in occasioni importanti dell'anno o in momenti particolarmente gioiosi, come lo era per esempio la partenza per una vacanza, dove sembrava bello e naturale affidare tutta la famiglia riunita alla protezione divina. Altrimenti ci si poteva rivolgere a qualche sussidio appositamente preparato o alla recita corale dei Salmi, da sempre strumento privilegiato di preghiera comunitaria.

Purtroppo però i ritmi assillanti della giornata, con i numerosi impegni suddivisi tra lavoro, studio, attività ginnica o sportiva, rapporti sociali, assistenza agli anziani o ai malati, doveri del proprio stato e via dicendo, hanno portato ad una dispersione del nucleo familiare tale da rendere problematico ritagliare un momento della giornata di tranquilla e comune sosta meditativa. E' così che qualche volta la cena, davanti al televisore e con debito contorno di telegiornale, diventa il momento di riflessione della piccola comunità familiare, attraverso quella finestra aperta sul mondo. E allora ci si chiede se per caso non sia preghiera – invero una triste, attuale e scarnificata preghiera – assistere spesso con occhi lucidi e un groppo in gola alle tante scene di brutalità e di strazio, di sangue e di violenza, di dolore e di sopraffazione, che scandiscono invariabilmente le nostre giornate e che ci lasciano silenziosi e attoniti testimoni, con in cuore solo una muta invocazione: " Signore, pensaci Tu."

La preghiera dunque, anche per la famiglia, esprime soprattutto un atteggiamento d'amore e di fiducia verso quel Creatore che guida i nostri passi nell'esistenza; e se le espressioni, come in ogni rapporto d'amore, per non diventare logore possono anche variare nel tempo, è necessario che comunque aderiscano autenticamente ai sempre rinnovati impulsi della mente e del cuore.

IL DISABILE IN FAMIGLIA.

Il fenomeno dell'allungamento della vita media comporta sempre più spesso e per un numero crescente di persone l'esperienza di dover accogliere o assistere qualche anziano disabile in famiglia, con tutti i problemi del caso. Se poi il disabile è invece un figlio, un piccolo che si affaccia alla vita, allora l'esperienza è di quelle dure e drammatiche che possono cambiare il corso e la qualità dell'esistenza.

La sequenza impressionante di ostacoli (e non ci si riferisce qui solo alle famose barriere architettoniche) e di piccole e grandi battaglie che quotidianamente i genitori di un bambino portatore di handicap devono affrontare e superare per vincere l'isolamento, la diffidenza della gente, l'ottusità della burocrazia, è descritto con insuperabile bravura da Giuseppe Pontiggia nel suo libro *Nati due volte*, un grande romanzo che chiunque si occupa professionalmente di handicap dovrebbe conoscere.

Vi si affronta con assoluta misura e senza retorica il problema della comunicazione della diagnosi, talora mascherata dietro fumose argomentazioni da medici tanto saccenti quanto insicuri, ma espressa invece da altri più preparati sul piano professionale ed umano con la pacata chiarezza che la verità, anche se talvolta angosciante, richiede. Si passano quindi in rassegna le difficoltà d'inserimento nell'ambiente scolastico, dove spesso atteggiamenti aperti ed accoglienti si alternano a comportamenti nevrotici e bizzarri e dove gli inalienabili diritti della persona sono perlopiù accolti solo sotto la forma di benevole e gratuite concessioni da parte dell'autorità scolastica. Così, tra sconforto e ironia, tra delusioni, speranze e un pizzico di sano umorismo, che spesso fa capolino tra le circostanze della vita, l'esistenza dei familiari è scandita dal ritmo della vita del disabile, come un inesorabile ed ossessivo metronomo. E spesso non è facile trovare la forza per essergli vicino nel modo più positivo e solidale, realistico e franco: alle volte si è alla ricerca di un'impossibile "normalità", tenacemente perseguita, che nega le differenze. Ma non è questo l'atteggiamento giusto, sembra dire l'autore: *"Quando Einstein, alla domanda del passaporto, risponde 'razza umana', non ignora le differenze, le omette in un orizzonte più ampio, che le include e le supera. E' questo il paesaggio che si deve aprire: sia a chi fa della differenza una discriminazione, sia a chi, per evitare una discriminazione, nega la differenza."*

Non è attraverso la negazione della realtà e il ricorso a valorizzazioni improbabili o fasulle che si promuove una vera emancipazione del disabile. Invece il riconoscimento, attraverso un percorso non sempre agevole, della unicità della persona, che deve contare per quello che è e non solo per quello che sa fare, può essere la molla che ci spinge verso la simpatia umana ed un'autentica accoglienza paritetica nei confronti di chiunque. Sarà un'esperienza non facile, ma a suo modo ricca e coinvolgente, perché *"questi bambini nascono due volte. Devono imparare a muoversi in un mondo che la prima nascita ha reso più difficile. La seconda dipende da voi, da quello che saprete dare. Sono nati due volte e il percorso sarà più tormentato. Ma alla fine anche per voi sarà una rinascita".*

FAMIGLIE…NEL PALLONE

Dopo l'ennesimo scandalo che ha scosso e avvelenato l'ambiente nostrano del pallone, eccoci pronti a rivivere, tra delusioni e speranze, una nuova edizione del Campionato mondiale di Calcio.

L'appuntamento quadriennale è di quelli che, come le Olimpiadi per il mondo antico, si associano ad eventi memorabili sia della grande Storia, sia di quella particolare degli individui e delle famiglie. Così non è difficile ricollocare con maggiore esattezza certi avvenimenti della nostra vita, solo per il fatto che sono associati ad eventi calcistici indimenticabili per chi li ha vissuti con passione e trepidazione.

E anche quelli che, come me, per motivi anagrafici non hanno avuto esperienza diretta delle prime edizioni del Campionato mondiale, forse però ricordano di aver assistito, assieme ad un manipolo di altri curiosi, alla finale del 1954 tra Germania e Ungheria, trasmessa da uno dei primi televisori accesi in bella mostra nella vetrina di un negozio del centro, oppure di aver esultato, nel 1958, alla vittoria del Brasile del trio Didì-Pelè-Vavà, attraverso le immagini traballanti del televisore di casa, diventato ormai un accessorio domestico non più così proibitivo per il bilancio di molte famiglie. Nel 1962, quando di satellite e di telecronache intercontinentali ancora non si parlava, una radiolina a transistor bastava a far da polo d'attrazione per tutta la famiglia attorno alla voce gracchiante del radiocronista, che dalla lontanissima terra cilena enfatizzava i misfatti arbitrali a danno dei nostri amati Azzurri.

A questo modo, per libere associazioni, il 1966 è stato l'anno della contestata vittoria dell'Inghilterra, ma anche per me quello della maturità; il 1970, quello dell'indimenticabile semifinale tra Italia e Germania, vinta dai nostri per 4-3, ma anche delle mirabolanti cronache di Gianni Brera sulla rubrica Arcimatto del Guerin Sportivo; il 1974, quando la manifestazione si tenne in Germania, è legato al servizio militare e al matrimonio; il 1978, in Argentina, è coinciso con l'attesa del primo figlio mentre il 1982, quello del famoso mondiale di Spagna, evoca il ricordo della strepitosa vittoria dell'Italia e dell'incredibile esultanza popolare che ne era seguita, con i figli piccoli un po' frastornati, ma piacevolmente eccitati dalla dirompente gioia collettiva....

E così via, tra scaglie di vita e coriandoli d'emozioni che di volta in volta hanno contribuito ad unirci in momenti di euforia o di cocente delusione. Ma soprattutto simpatici ricordi, che in fondo sono il sale della vita e che non vorremmo mai veder sporcati da comportamenti sleali o, peggio, da pratiche francamente disoneste e da infiltrazioni criminose, mai come oggi contigue al mondo dello sport, e del calcio in particolare.

ARIA DI NAJA

Quale che sia l'opinione che ognuno ha del servizio militare, è certo che l'abolizione dell'obbligatorietà della leva (da "levare", arruolare) molte cose sono cambiate. E' persino scomparso o caduto in desuetudine un intero "dizionario" di termini dedicati: militesente, naja, spina (la recluta), imboscarsi, obiettore, consegnato (l'obbligo di restare in caserma per punizione), libera uscita, ferma, rafferma, idoneo (al servizio militare), rivedibile (da rivisitare l'anno successivo), riformato (non idoneo), renitente alla leva, dispensato, esonerato....

(Carlo Vulpio, Corriere della Sera /La lettura, 34, domenica 24 giugno 2012)

La sera della partenza mi avevano accompagnato alla stazione mio padre e M., allora mia fidanzata, abili a mantenere la conversazione in equilibrio tra osservazioni abbastanza generiche e speranze abbastanza scontate. Il mio cuore era in tumulto tra ansia, tenerezza e un contenuto strazio e, quando dal finestrino del treno in partenza mandavo loro con un cenno della mano un ultimo saluto, pensavo già a cosa si sarebbero detti di lì a poco, sulla strada del ritorno.

Nello scompartimento avevo trovato posto di fronte ad una coppia di signore che parlavano fittamente tra loro a bassa voce e a un signore anziano che alternava la lettura di un giornale a pause di composta meditazione, fissi gli occhi al soffitto. Quando nell'ambiente fu accesa la luce azzurrina destinata alle ore notturne, mi misi a guardare il paesaggio tenebroso che scorreva attraverso il vetro opacato della carrozza. Una luna quasi piena, che a tratti sbucava da nubi dai contorni argentei, scivolava sul dorso cupo di montagne in lontananza, sparpagliando barbagli di luce su cime di case e di alberi disseminati nel concavo catino della valle.

Dopo l'emozione del distacco, una calma nuova, come spesso accade di fronte ad eventi ineluttabili, m'invase i pensieri. Tornavano alla mente immagini felici che evocavano attimi di appassionato abbandono rubati all'ombra di un androne o di un angolo appartato del parco. Mi pareva di vedere il viso di M. che mi guardava con i suoi grandi occhi lucidi e smarriti, a stento capaci di trattenere le lacrime. Quasi cullato da quella rievocazione, mi lasciai prendere da un dolce torpore e mi addormentai sul ritmo regolare scandito dalle ruote del treno sui binari.

Al risveglio un'alba livida rivelava un paesaggio nebbioso battuto da una pioggerellina che rigava il vetro del finestrino; improvvise folate piegavano le sommità degli alberi disposti ai lati del treno in corsa. Dopo circa mezz'ora ero a destinazione nella Stazione di Santa Maria Novella a Firenze, con oltre due ore d'anticipo sull'arrivo previsto del pullman militare che ci avrebbe radunati per portarci in caserma. Entrai per prendermi un caffè nel bar della stazione, dove un addetto alle pulizie stava ancora passando uno straccio bagnato sul pavimento. Mi sistemai ad un tavolino in un angolo un po' defilato della vasta sala, per poter osservare indisturbato l'andirivieni dei viaggiatori. Alcuni giovani appena arrivati, con un piccolo bagaglio e l'aria un po' spaesata, si guardavano in giro in modo interrogativo quasi a cercare una reciproca conferma al probabile comune motivo del loro trovarsi lì a quell'ora insolita e con quell'essenziale equipaggiamento. Sulla parete in fondo, dietro il bancone, campeggiava una grande tela di Ottone Rosai, che ignoravo se fosse originale o solo una bella copia. Vi osservai a lungo la disposizione degli elementi compositivi e la vivacità dei colori, che occupavano, senza alcuna sfumatura, volumi ben definiti. Quindi, quasi per inerzia, mi ritrovai a fissare insistentemente le lancette del mio orologio da polso che sul quadrante si muovevano lente, maledettamente troppo lente.

" Burba, quanti giorni all'alba?"- era stato il saluto di un *nonno* nel momento in cui, sceso dal pullman militare, mettevo il piede sul selciato del cortile della caserma. Un vento fastidioso soffiava sul viso raffiche cariche di pioggia, mentre nell'attesa ci si stringeva in gruppo in attesa di ordini superiori. All'arrivo dell'ufficiale, in fila ci avviammo marciando verso le camerate per l'appello e per tutte le altre incombenze di rito: assegnazione del posto in branda (a me era toccata quella superiore di un letto a castello), istruzione generale e poi passaggio alla mensa; in guardaroba a ritirare divisa e altro vestiario in dotazione, poi dal barbiere per il sacrificio pressoché totale dello scalpo, quindi in camerata a cucire stemmi su maglione e bustina, poi dimostrazione del "cubo", ovvero di una particolare disposizione ordinata e massiccia dei propri effetti letterecci, compattati sopra la rete del letto in modo da simulare il noto solido geometrico; ancora in aula per il saluto plenario del comandante e per la prima lezione di cultura militare; di nuovo a mensa, di nuovo in camerata, poi in cortile, poi allo spaccio, poi al bagno, poi di nuovo in camerata per il contrappello, poi sotto le lenzuola per il silenzio ed infine il buio, il magico buio dove si accendeva nella mente il ricordo di persone care e di amici, lasciati in un altro mondo, in un'altra galassia.

I giorni pieni di cose da fare, ma tutti simili l'uno all'altro, si succedevano monotoni nell'attesa quasi ossessiva di una licenza o di qualche visita inattesa. Con la mia fidanzata, prima della partenza, avevo fatto un patto: scriverci ogni giorno almeno una lettera, e questo per tutto il periodo della mia permanenza presso la Scuola allievi ufficiali alle Cascine di Firenze. M. era stata straordinariamente fedele alla consegna, anche se non aveva fatto i conti con i proverbiali disservizi del nostro sistema postale. Così mi poteva capitare che mi fossero recapitate tre lettere nello stesso giorno, magari dopo alcuni giorni d'inutile attesa, oppure di ricevere in anticipo una lettera, spedita successivamente rispetto a un'altra che mi perveniva completa di notizie o circostanze che finivano per essermi però in parte già note. Ma non importava. Ogni volta che alla distribuzione della posta vedevo la busta dal tipico formato su cui riconoscevo la caratteristica calligrafia, avevo un tuffo al cuore e subito cercavo un posto appartato per potermi immaginare, lontano da occhi indiscreti, un'intimità tanto cercata e desiderata, anche se tutta solamente epistolare. Era allora che, attraverso le espressioni anche più comuni normalmente usate nella corrispondenza postale, cercavo d'intravvedere quegli slanci di sentimento e quegli abbandoni di tenerezza che finivano comunque per essere intrisi di languore e di malinconia a causa della lunga e forzata lontananza che ci era stata imposta.

Man mano che passavano i giorni poi, le lettere, che continuavano ad essere spedite con una cadenza regolare, diventavano sempre più ripetitive, riducendosi talora a un mero elenco di accadimenti quotidiani di scarsa importanza o a una lunga litania d'impossibili incontri sperati o di attese d'improbabili ritorni. Nei nostri scritti preferivamo allora soffermarci sulla variabilità del cielo o della temperatura, sui capricci del tempo o sugli sbalzi d'umore delle persone che occupavano le nostre giornate, piuttosto che metterci in gioco più di tanto sul piano della passione e delle emozioni, che così sonnecchiavano un po' dimenticate in un angolo appartato del cuore.

Quell'anno l'autunno a Firenze fu abbastanza mite e capace di regalare ancora giornate luminose e godibili, anche per l'aria tiepida e tersa e per i tramonti rosati che facevano spesso da sfondo alle nostre libere uscite. In un folto plotone sciamavamo nel tardo pomeriggio dalla caserma, disperdendoci poi in piccoli gruppi nei vari locali pubblici della città: c'era chi si buttava sul cibo, per compensare il rancio scarso o indigesto della giornata, chi cercava avventure facili con procaci ragazze del luogo, chi infine si ritirava in un posto tranquillo per concentrarsi nello studio delle materie d'esame che, se ben superato, avrebbe significato una buona destinazione definitiva, possibilmente in un reparto vicino a casa.

Costanti erano le file davanti alle cabine telefoniche, ciascuno con un gruzzolo di gettoni in tasca, in attesa di poter comunicare con la ragazza o con qualcuno della famiglia. I discorsi, sempre gli stessi: licenze, turni di guardia, corvées, esercitazioni, ordini, appelli, contrappelli, consegne, saluti militari, regolamenti….

Sì, perché qualche grave insufficienza nell'attitudine militare avrebbe potuto significare un cattivo piazzamento nella graduatoria finale, con il rischio concreto di finire in un contingente sperduto e poco accessibile, dimenticato da Dio e dagli uomini.

La sera, che seguiva agli impegni della giornata, solitamente scendeva calma ammantando i fianchi delle colline intorno, dove una leggera brezza faceva ondeggiare le punte dei cipressi sparsi sul pendio e soffiava nell'animo una sottile e dolce nostalgia.

Si vagabondava un po' lungo l'Arno e per le strade del centro, scintillanti per le luci dei fanali e delle vetrine, prima d'imboccare qualche via periferica che con larghe traiettorie portasse alla Fortezza da Basso, dove, nell'attesa del pullman che ci doveva riportare in caserma, svaporavano i nostri ultimi minuti di libertà.

ARIA DI VIAGGI

Dalmazia

L'autostrada che abbiamo imboccato alle prime luci dell'alba è già filata tutta alle nostre spalle quando raggiungiamo Trieste, raccolta nel sole attorno al suo porto e al suo mare contro cui svettano cime di gru e di campanili. Il tempo per rimasticare nomi di luoghi che ci ricordano la Grande Guerra (Opicina, Basovizza), ed eccoci al confine con la Slovenia, che attraversiamo con un balzo di una quarantina di chilometri, superando paesi lindi e ordinati, immersi in ondulazioni di un verde smagliante. Dopo il confine croato, ritroviamo il mare ad Opatija, che deriva il nome da un'antica abbazia benedettina e che conserva ancora il suo aspetto ameno ed elegante di luogo di villeggiatura della nobiltà austroungarica. Vorremmo fermarci qui per il pranzo, ma per difficoltà di parcheggio preferiamo puntare su Fiume, l'odierna Rijeka, che non può non riportarci alla memoria l'impresa di Gabriele D'Annunzio e dei suoi legionari che l'occuparono nel 1919, in attesa che con il trattato di Rapallo fosse proclamata prima Stato libero di Fiume e successivamente, col patto di Roma, italiana fino al 1945.

Pranziamo in un locale luminoso a mezza costa, sospeso come una terrazza di luce sul golfo del Quarnaro: alla nostra destra la penisola istriana pare un'immensa prua di nave che s'incunea poderosa nel mare increspato e cangiante, mentre a sinistra la costa frastagliata dell'alto Adriatico sfuma a perdita d'occhio di fronte ad isole di aride rocce, brulle e deserte come superfici lunari.

Rifocillati, ma non satolli, imbocchiamo con la dovuta prudenza la Jadranska Magistrala, la strada che asseconda con mille tortuosità e infiniti saliscendi l'inquieta costa settentrionale della Croazia: la spettacolare successione di curve offre ad ogni istante sequenze di paesaggi rocciosi precipiti sul mare, mentre la strada si dipana serpeggiando tra il massiccio del Velebit, che incombe a sinistra e il blu cobalto del mare che invade tutto il residuo orizzonte. Cerco di resistere alla guida, nonostante la crescente stanchezza; alla fine interrompo la tensione cedendo il volante a mia figlia Sara, che deve ora governare l'automobile sballottata anche da improvvise ed impetuose folate di bora salmastra.

Quando finalmente si calma il vento e la costa comincia a degradare un po' più dolcemente, la luce rosata del tramonto vibra ancora sulle rocce prima di scivolare sulla mobile distesa marina.

Siamo ormai arrivati nella contea di Zara-Knin, una tra le venti contee della moderna Croazia e dopo circa dodici ore di viaggio (soste incluse) ci dirigiamo verso Zaton, nei pressi di Zara, dove ha sede il villaggio delle nostre vacanze.

Il giorno seguente, domenica, siamo a Nin, che si raggiunge attraverso un ponte che appena s'inarca con elegante leggerezza su specchi di acque tranquille e luminose. Superata l'antica porta della piccola città, che fu tra i primi centri politici e religiosi dello stato croato, c'inoltriamo per le strade pavimentate in pietra chiara, percorse da una placida animazione, quasi ovattata e un po' fuori dal tempo: sarà forse perché qui non circolano automobili e la gente sosta volentieri a chiacchierare senza alcuna fretta sulla soglia di casa o a piccoli gruppi ai tavolini dei bar, ma non sembra proprio di essere ormai arrivati a pieno titolo nel terzo millennio. Passeggiando percorriamo le vie fiancheggiate da case basse e dalle linee essenziali, ci fermiamo al mercato dove spiccano pregevoli pizzi lavorati, frutto di un artigianato secolare, e sostiamo davanti alla parrocchiale di Sant'Anselmo, dove si sta celebrando la Messa e dove alcuni fedeli premono all'ingresso, non riuscendo a trovare posto all'interno dell'edificio sacro. Ma il vero gioiello della cittadina è la piccola chiesa paleocroata di Santa Croce (IX sec.), a croce greca con triplice abside, così piccola e aggraziata da sembrare una basilica "mignon" che non dovrebbe sfigurare neppure nel giardino di casa; circondata dal verde e da resti di una necropoli paleocristiana, la sua immagine rimane impressa nella memoria come una pregevole miniatura dalle linee essenziali e perfette.

Di tutt'altra natura è invece il monumento di un imponente espressionismo, opera di Ivan Mestrovic, che si erge in una piazzetta attigua e che rappresenta Gregorio di Nin nell'atto di rivolgersi al popolo con un atteggiamento perentorio e profetico. Procedendo un po' più in là, alcuni orti cittadini e i ruderi di un antico tempio di Diana ci indicano che abbiamo raggiunto i limiti del centro abitato. Ritorniamo allora sui nostri passi e presto ci fermiamo al fresco e ombroso invito di una tavola imbandita sotto un pergolato, dove un baffuto gestore del posto ci fa da ottimo anfitrione servendoci carne speziata con patate fritte e salsa di peperoni (per Meli, che ama la cucina nostrana, una "boloneze" al ragù), il tutto debitamente annaffiato con un'infida croatina, asprigna e beatificante.

Usciti da Nin, sulla strada per Zaton, ci appare sulla destra in controluce la piccola chiesa di San Nicola (IX sec.), assai simile per forme e dimensioni alla chiesetta di Santa Croce, ma eretta su un antichissimo tumulo scosceso come una pira sacrificale e curiosamente incoronata da una torre ottagonale che fungeva un tempo da vedetta a difesa dalle invasioni turche. Un non frettoloso periplo tutto attorno alla minuscola costruzione, con la dovuta attenzione ai particolari, è il minimo tributo del turista a tanta solitaria bellezza.

Dopo alcuni giorni di completo riposo sulla spiaggia di Zaton, si va per mare alla scoperta delle isole Kornati (Incoronate), l'arcipelago che si trova di fronte alla costa zaratina. Si parte di buon'ora, non appena i tiepidi raggi del primo sole si riflettono obliqui sulla liscia superficie marina e feriscono pupille ancora assonnate. Mentre la nostra imbarcazione scivola sull'acqua blu e la prua vi si immerge come una lama a divaricare sui fianchi spume biancastre, ci giungono le note nostalgiche di una vecchia canzone intanto che ci viene offerta a bordo una colazione a base di biscotti secchi e di Prosecco dalmata. Le mie donne di casa al seguito assaggiano senza entusiasmo i biscotti, mentre si astengono dal vino, con la sola eccezione di Micol che si concede solo un moderato assaggio, così che a me tocca una dose supplementare di quella dolce ambrosia rosata, con relativa fugace ed evanescente ebbrezza, presto dispersa dagli sbuffi del vento marino sul viso. Il sole non è ancora alto, quando ci avviciniamo alle coste frastagliate delle prime isole, punteggiate qua e là di casupole bianche dai tetti rosseggianti. Nella vivida luce del mattino, le acque limpidissime che s'insinuano nei recessi della roccia, vi scavano grotte ombrose che hanno il sapore antico e misterioso del mito. Si costeggiano scogli dirupati o isolotti aridi e pietrosi , navigando a vista su bracci di mare intricati come un dedalo di canali, e, quando meno te l'aspetti, aggirata una parete a strapiombo, ti trovi di nuovo in mare aperto, con tutto l'orizzonte occupato dal cielo e come in una sfera di luce.

Il pranzo è servito sempre a bordo, a base di minestra e pesce; c'è anche del vino, ma stavolta lo stomaco, non ancora disassuefatto dalla precedente libagione, non è in grado di accoglierlo decentemente. Ai lati del nostro natante, alcuni gabbiani, come una famelica scorta, volteggiano pigramente o si librano nell'aria in attesa di planare su qualche pezzetto di pane lanciato in acqua. Si procede a ritmo lento, in un susseguirsi di paesaggi sfolgoranti e di baie nascoste, accompagnati e un poco storditi dall'incessante rollio e dal pianto di alcuni bambini che si azzuffano per il possesso di una pallina. Bevo un caffè, ma è un po' troppo leggero per liberarmi dal lieve torpore che m'invade: solo una nuotata nelle acque calme e pulite di un'insenatura naturale, dove sosteremo un po' dopo, varrà a tonificarmi e a ritemprarmi del tutto.

Sulla via del ritorno ripercorriamo a ritroso l'itinerario del mattino, navigando tra scogli e faraglioni su un mare dalle infinite tonalità di blu, mentre sul fondo ondeggia un verde tappeto di alghe flessuose e flotte argentee di pesciolini sciamano. Lentamente, dirigendoci verso nord-est, ci avviciniamo alla costa dalmata, dove si staglia in lontananza Zara, che ora ci appare mite, battuta da un tiepido vento e illuminata dalla luce dorata del tramonto.

Passano alcuni giorni e puntiamo su Sebenico, che rappresenta il punto più meridionale dei nostri spostamenti centrifughi in terra dalmata. Nota come la patria di Niccolò Tommaseo (che ricordo come autore di un "Fede e Bellezza" letto negli anni ferventi dell'adolescenza e come destinatario di un giudizio un po' maligno del grande Alessandro Manzoni), la città ci appare dall'alto, inquadrata nel parabrezza dell'auto, adagiata e sparsa attorno alla foce grandiosa del fiume Krka. Un cielo grigio, solcato da nuvole scure e sfilacciate, minaccia pioggia imminente, mentre su un battello del tipo di quelli che scivolavano lungo il Mississippi nel secolo scorso, ci spingiamo nel profondo estuario del fiume che ha scavato il suo letto in una vallata scoscesa e verdissima, abitata da numerose specie di uccelli che qui vivono e nidificano indisturbati. Acque argentee dai cupi riflessi s'increspano al nostro passaggio, finché, non appena un raggio di sole buca le nuvole, d'improvviso ci troviamo in un paesaggio d'Arcadia, ai margini di un laghetto ceruleo, alimentato dal ruscellare di cascatelle fresche e spumeggianti e circondato dal mormorio di alberi frondosi, che ondeggiano mollemente alla brezza che respira dal mare. Per ombrosi sentieri ci addentriamo in un bosco vicino, che si apre su una verde radura dove non parrebbe fuori luogo imbattersi in greggi al pascolo, placidamente sorvegliate da giovani pastori che tentano con dita esperte flauto o zampogna, mentre in realtà la occupano comitive di turisti che bivaccano in gruppi rumorosi e vocianti. Il parco naturale si estende per molti chilometri quadrati tutto intorno al corso dell'ultima parte del fiume che tra laghi, rapide e cascate si fa strada tra barriere di travertino fino alla foce maestosa; ma noi non riusciamo che ad esplorarne un breve tratto, dato che non siamo equipaggiati per passeggiate impegnative e in cielo nuovi densi nuvoloni non lasciano presagire nulla di buono. Lasciato il parco, dopo una breve sosta in città dedicata a una visita alla Loggia vecchia, alla Cattedrale di San Giacomo e ad un momento di ristoro, riprendiamo la via per Zara, abbandonando la strada costiera per quella più interna che lambisce Benkovac e Obrovac. Lungo il nastro d'asfalto che si snoda poco battuto tra grandi superfici ondulate, si notano case sparse e isolate con i tetti scoperchiati ed i muri sbrecciati e in gran parte demoliti da colpi d'artiglieria pesante, segni inequivocabili di un odio rabbioso non ancora del tutto sopito e che ancora grava su un paesaggio aspro e dolente, chiuso in lontananza da un'imponente catena di monti, oltre i quali s'indovina la Bosnia.

Kos

Raccontare un sogno, o meglio, una fantasia dell'anima che aveva preso forma e vita fin dagli anni dell'adolescenza tra pagine di poemi omerici, storie di Erodoto e di Senofonte, liriche di Saffo e di Anacreonte, ottativi e aoristi forti o fortissimi, spiriti dolci o aspri : alla debole luce della lampadina elettrica che illuminava la scrivania, incombendo la traduzione di un brano di Isocrate o di Lisia, sul ritmo degli eleganti periodi che si susseguivano come placide onde sulla spiaggia, gli occhi spesso cessavano di fissare le parole ostiche e sempre un po' misteriose, che, meravigliosamente svelate dall'inesauribile dizionario Rocci, avrebbero dovuto dare un senso compiuto al discorso, per perdersi piuttosto dietro l'immaginata, infinita *bluazzurrità* frastagliata di quel *"greco mar da cui vergine nacque Venere, e fea quelle isole feconde col suo primo sorriso"......*

Il sogno si era materializzato solo alcuni anni orsono con il primo viaggio in Grecia, compiuto assieme a Milena, per festeggiare un nostro importante anniversario di matrimonio. Atene ci era apparsa, dall'oblò dell'aereo in fase di atterraggio, biancheggiante di costruzioni fittamente stipate al centro di una conca aperta sul mare e adagiata sulle alture circostanti come un vello ruvido e compatto. Di quel viaggio era rimasto vivo il ricordo del marmo pentelico dei monumenti sull'Acropoli, candido contro un cielo di un azzurro come da cartolina illustrata; dei raggi rossastri del sole al tramonto, morenti sulle colonne doriche del tempio di Poseidone a Capo Sounio; della perfetta euritmia del teatro di Epidauro, chiara e meravigliosa conchiglia posata sulle pendici di una collina e straordinariamente inserita nel paesaggio circostante; della monumentale porta dei Leoni a Micene; della piana di Olimpia dalle infinite suggestioni, dei reperti archeologici di Delfi, della scenografica varietà delle coste, delle insenature, delle Meteore massicce, delle siepi ininterrotte e multicolori di oleandri e di bouganvilles, del mitico mare blu cangiante, delle succulente colazioni a base di yogurt e miele greco.

E in terra ellenica avevamo voluto ritornare toccando Kos con un volo notturno, dopo uno scalo a Creta. L'isoletta del Dodecaneso, posta di fronte alla costa anatolica della Turchia, ci era apparsa solo il giorno successivo nella sua incredibile varietà di colori, sfumati e diversi secondo la mutevole incidenza ed intensità della luce che l'avvolgeva: una specie di tavolozza naturale a cui un pittore come Apelle, di qui originario, doveva aver attinto a piene mani per impadronirsi di quella sua famosa arte di cui purtroppo non ci è rimasta alcuna documentazione diretta. La cingeva da ogni parte un mare a strati di colore, dal blu cobalto fino al verde, disseminato di isolotti e scogli di varie dimensioni, che la luce diretta del sole poteva evidenziare, così come una subitanea foschia poteva cancellare dall'orizzonte.

Ci siamo immersi per una settimana nel clima dolce e magico del luogo, percorso da venti leggeri e sovrastato da un cielo senza nubi. Ci siamo messi anche sulle tracce del figlio forse più illustre di questa terra, cioè di quell'Ippocrate che, nato appunto a Kos intorno al 460 a.C., è ritenuto il fondatore della moderna medicina scientifica. Nell'omonimo capoluogo dell'isola, in un'ombrosa piazzetta appartata denominata Platia Platanou, è possibile vedere, “ortopedizzato” da un imponente apparato di sostegno, un enorme platano ritenuto millenario, sotto i cui rami la tradizione vuole che Ippocrate insegnasse ai suoi discepoli i segreti della scienza medica.

Poco fuori dall'abitato, a circa quattro chilometri a sud-ovest, si possono incontrare altre testimonianze di come fosse tenuta in onore la Medicina presso gli antichi abitanti dell'isola: un grandioso santuario del IV secolo a.C., denominato Asklipiìo e dedicato ad Asclepio, figlio di Apollo e discepolo del centauro Chirone per quanto riguarda l'apprendimento dell'arte medica, sorge isolato sulle pendici di un colle interamente circondato da un bosco frondoso e verdeggiante. Il tempio, eretto in onore del dio della medicina, costituiva anche un importante luogo di cura in cui operavano sacerdoti esperti nell'arte d'Ippocrate, mentre il complesso degli edifici , ampliati ed impreziositi da successivi interventi, è disposto su quattro terrazze degradanti lungo il pendio del colle fino alla sua sommità, da dove si può spaziare con lo sguardo a perdita d'occhio sul vasto mare antistante, punteggiato da isole di maggiore o minore estensione e chiuso ad oriente dall'ininterrotta barriera della costa turca.

Dopo qualche giorno abbiamo attraversato con un veloce aliscafo il piccolo tratto di mare che separa Kos dalla Turchia e abbiamo raggiunto Bodrum, l'antica Alicarnasso, ritenuta la patria di Erodoto.

Affacciata su una baia incantevole, la città rivela ancora le tracce del passato splendore, attraverso monumenti quali un'imponente porta urbana, un antico teatro e un più recente

Castello, anche se l'attuale vocazione della sua gente sembra piuttosto orientata verso il commercio e il turismo di giornata.

Siamo rientrati con lo stesso mezzo prima di sera, in tempo per vedere dalla nostra piccola isola del basso Egeo uno sfolgorante plenilunio, diffuso a rischiarare il cielo e a guizzare riflessi su tremule acque marine, ultima istantanea di una specie di sogno di una notte di tarda estate.

In Polonia

"Io nacqui italiano... e morrò per la grazia di Dio europeo quando lo vorrà quella Provvidenza che governa misteriosamente il mondo". E' questa l'affermazione che spesso fa capolino alla mente (naturalmente parafrasando Ippolito Nievo e debitamente adattando il celebre esordio de *Le confessioni d'un Italiano* all'attuale evoluzione politica) ogni volta che mi accingo a visitare qualche nuovo paese europeo. Ma stavolta è diverso: sono lontani gli anni in cui ogni viaggio della famiglia era un azzardo che comportava una serie infinita d'incombenze e di preoccupazioni. Stavolta la meta è la Polonia e all'organizzazione hanno pensato le figlie con i rispettivi mariti: prenotazione alberghiera, dimensione dei bagagli, check-in on line, guide turistiche, persino una "stampata" di esperienze e consigli di anonimi turisti dedotta via-Internet... Il mio unico compito è di non dimenticare a casa un foglietto compilatomi da una gentile conoscente polacca con alcuni termini linguistici essenziali per la sopravvivenza, soprattutto alimentare; per il resto, con la moglie, ci ritroviamo ad essere beatamente passati dalla condizione di genitori “badanti-*full time*” a quella di “badati” ma neanche troppo…

Nel tardo pomeriggio siamo a Cracovia. Il cuore pulsante della città è la vasta piazza del Mercato Centrale con le sue geometrie, la sua animazione, i suoi colori e i suoi profumi assai stimolanti per i succhi gastrici. Al centro della piazza si sviluppa la prolungata costruzione del mercato dei Tessuti, sorta di vivace bazar di stoffe e di oggetti d’artigianato, più in là, la torre del Municipio, che pende un po’, ma meno rispetto a quella di Pisa. Tutto intorno, a corona del centrale monumento al poeta romantico Adam Mickiewicz, è una serie di eleganti palazzi, sovrastati dalla chiesa romanica di Santa Maria dalla facciata asimmetrica, il cui presbiterio ospita un mirabile altare mariano ligneo, capolavoro di Veit Stoss.

A passeggio per le strade del centro, arrivano le note degli artisti di strada che con discrezione tengono viva la tradizione musicale del paese di Chopin, mentre ogni cinquanta metri, la cattolicissima Polonia esibisce al visitatore maestose chiese che si sviluppano spesso in una movimentata sovrapposizione di stili.

Il giorno successivo è dedicato alla visita del monumentale Wawel, col Castello Reale e la Cattedrale, in cui quasi tutti i re polacchi furono sepolti e dove, il 2 novembre 1946, l’allora sacerdote Karol Wojtyla celebrò la sua prima messa. Nel pomeriggio c’è tempo anche per la fiabesca visita alle miniere di sale, nelle viscere della terra, dove il salgemma è la materia povera portata alla sua massima potenzialità espressiva dal virtuosismo di anonimi scultori.

Alla sera, al ristorante dal colore locale, non mancano i classici Pierogi (specie di ravioli a forma di semiluna), la tipica Zurek (zuppa di farina di segale) e carni di vario tipo, con accompagnamento di Piwo (birra) e di buona musica.

L'indomani, domenica, dopo un trasferimento in minibus, siamo ad Auschwitz. Su tutta l'area, nonostante i numerosi gruppi di visitatori, regna un silenzio irreale. Abisso di dolore, abisso di ferocia: ci si vergogna di appartenere al genere umano. Durante il percorso, le parole che campeggiano sopra il cancello d'ingresso "Arbeit macht frei" ("Il lavoro rende liberi") sono pian piano sostituite nel nostro cuore dalle parole di Cristo sulla croce: "Dio mio, Dio mio, perché mi hai abbandonato?" Qualche ora più tardi, sulla spianata di Birkenau, un tiepido sole splende sull'agghiacciante, ordinata disposizione delle baracche e sulle macerie dei forni crematori.

Sull'autobus di ritorno per Cracovia abbiamo tutti l'espressione un po' assorta e un senso di oppressione che si attenuerà solo più tardi, alla Messa, con la recita del Padre nostro, proprio meditando le parole "sia fatta la Tua volontà come in cielo, così in terra". Forse così sarà per noi possibile capire.

L'ultimo giorno, dopo una breve incursione nel Kazimierz, il quartiere ebraico, ed una visita alla grande sinagoga Izaaka, c'è tempo solo per l'ultima passeggiata lungo l'elegante via Florianska e per gli ultimi acquisti prima del ritorno.

ARIA DI MARE

Mihi nunc Ligus ora / intepet hibernatque meum mare, qua latus ingens / dant scopuli et multa litus se valle receptat.

Persio, Satira VI, vv. 6-8.

Poche cose mi danno la sensazione del trascorrere del tempo come il ritornare periodicamente a rivedere il mare, la spiaggia, il molo, la piazza o gli stretti carruggi sormontati da archetti ricurvi, come ponti sospesi verso il cielo, di Pietra Ligure.

Già appena fuori dalla barriera dell'autostrada, mentre si percorrono in discesa gli ultimi tornanti che ad ogni curva svelano un nuovo scorcio di mare, l'aria leggera e vagamente salmastra sembra lì apposta per rigenerare i pensieri e per allontanare con uno sbuffo di vento ogni pregressa preoccupazione.

Così mi trovo a percorrere, guidando quasi automaticamente, le blande ondulazioni della strada che infila archi e brevi gallerie (a cui i bambini, nell'eccitazione della scoperta, davano strani nomi di fantasia), richiamato però dalla voce di mia moglie che, seduta al mio fianco, m'invita al puntuale rispetto delle precedenze ai vari incroci che dobbiamo attraversare.

Sbucati poi sul lungomare e oltrepassato il ponte sul Maremola, che costeggiamo per un breve tratto sulla sinistra, imbocchiamo il rettilineo di viale della Repubblica, per giungere infine al piazzale su cui si affaccia l'ingresso della nostra casa.

In passato però, durante la stagione estiva, altri sono stati gli appartamenti in affitto che abbiamo abitato.

Il primo si trovava in via della Cornice, a mezza costa sulla montagnola che domina da retro il centro abitato, da cui si vedeva il mare in uno sfolgorio di luce, incastonato tra rocce sospese su azzurri precipizi di cielo. I bambini vi trascorrevano le loro giornate all'aria aperta, tra il verde di un parco pubblico antistante e il giardinetto di casa, stipato di piante esotiche e di ciuffi multicolori di fiori. Sovrintendeva ai loro giochi movimentati Black, un cane straordinariamente affidabile per intelligenza e mitezza che, suo malgrado, doveva sopportare le loro insistenti e inesauribili manifestazioni, per così dire, d'affetto.

Certi pomeriggi, poi, se capitava di sonnecchiare sul balcone di casa con gli occhi semichiusi, il profilo della cattedrale che stava di fronte ricordava la sagoma di una nave pronta a salpare a vele spiegate verso l'ampio mare senza confini.

Un anno invece ci sistemammo in un appartamento più vicino al centro, ma più stretto e meno luminoso. Ci mancava la vita "en plein air" a cui eravamo abituati, anche se ricordo con piacere il profumo del pane e delle brioches fragranti che a certe ore antelucane saliva da un forno lì nei pressi e provvedeva a stimolare le nostre narici ancora intorpidite dal sonno.

Un altro anno ci trasferimmo in un appartamento abbastanza anonimo, ma più vicino alla spiaggia e al mare: quel soggiorno però lo ricordiamo principalmente per la tesa partecipazione da tifosi alla fantastica impresa della nostra nazionale di calcio verso la conquista della vittoria finale nel campionato mondiale. Era il 2006.

Il tempo è trascorso in una placida indolenza e i luoghi delle prime scoperte sono diventati sempre più familiari. Anno dopo anno la crescita dei figli è stata scandita dalla frequentazione di parco-giochi o di giostre, dalle passeggiate sul lungomare con soste per gustare gelato o granite, dagli spettacoli in piazza, dalle conoscenza di nuovi amici, dalle serate in discoteca. Poi la compagnia tumultuosa si è pian piano assottigliata, il clamore si è ridotto e i figli hanno preferito andare alla scoperta di mete nuove, ritenute più stimolanti.

E se, come stasera, dalla finestra di casa guardo il flusso continuo di automobili che scivolano sul viadotto dell'autostrada, mi pare di rivedere i tanti momenti della nostra esistenza che si succedono nell'aria mite di questi luoghi: i tempi della dolce attesa dei figli, della fatica fisica del crescerli fino alla loro autonomia, e poi la perdita di alcune persone care, il periodo di malattia di mia moglie, con tutte le inevitabili sofferenze e i successivi, lenti e coraggiosi passi verso una nuova speranza....

Dai lampioni della strada piove una luce giallastra che sembra oscillare alla brezza che tiepida sale dal mare ed alita sulle ombre notturne.

Anche *"per me ora s'intiepidisce la spiaggia ligure e l'inverno del mio mare dove gli scogli formano un ampio fianco e il lido s'inarca in un profondo seno"*.

ARIA DI POESIA

Sì lo confesso: anch'io, come chissà quanti altri, nella mia vita ho scritto poesie. Anzi, qualche anno fa, ho avuto persino l'ardire (o la sfacciataggine) di riunirle in una raccolta dal titolo "Poesie in forme musicali", assimilando quelle composizioni a pezzi musicali, quasi fossero partiture in cui le parole dovevano prendere il posto delle note e la successione dei versi, quella delle battute.

Per analogia, è un po' il destino del presente libretto, in cui sono stati riuniti brevi testi, frutto di un'emozione o di un'impressione rapida, esibita senza eccessivo scavo, alla fruizione di un pubblico soprattutto di amici e di conoscenti, che quando si ritrovano, può capitare che decidano di fare un po' di accademia, mettendosi alcuni agli strumenti, altri al canto, altri ancora a creare un'atmosfera in funzione dell'ascolto di componimenti tenui e ariosi, capaci di dare nel breve giro di poche frasi musicali il senso di un'espressione lirica articolata, anche se di piccole proporzioni: *arie da concerto*, appunto.

Con questo spirito ho raccolto anche alcune composizioni in versi, che avendo come limiti geografici Lodi e Pietra Ligure (rispettivamente la mia città e quella dove abitualmente passo le mie vacanze) avrebbero potuto figurare sotto il titolo appena abbozzato di *Tra Adda e Maremola*, che chiaramente rimanda ai rispettivi corsi d'acqua che le attraversano. La prima poesia avrebbe dovuto avere la funzione di introduzione:

GHIAIA D'ADDA (Barcarole)

Sono labili tracce/ di parole lasciate/ lungo il flusso del tempo/ come ciottoli lisci/ levigati dal lento/ millenario lavoro/ della pigra corrente/ che il ceruleo mio fiume/ sulle rive lambite/ lontanando dissolve/ e poi piano disperde/ tra le onde scroscianti/ e la spuma del mare.

Le poesie che seguono nascono invece un po' dalla stessa atmosfera, dalla stessa "aria", ossia da un'espressione lirica un po' in bilico tra contemplazione, stupore ed esigenza di un bilancio di vita, ormai prossimo ad essere, per forza di cose, quasi definitivo.

TRAMONTO E SERA DALLA MIA CAMERA

Si spande l'aria calma della sera
sulle case assiepate e sopra i tetti
inondati di luce. Saettante
il volo di una rondine percorre
i vetri incorniciati da finestre
affacciate su di un trascolorare
di cielo azzurro blu indaco viola.

Pausa di vento nella fresca sera
strepitosa di passeri in cortile,
poi, nella volta fattasi cobalto
improvvise compaiono tre stelle.
Sera nuova, metafora di vita,
di questo mio finale di partita.

VIGILIA DI PASQUA A PIETRA LIGURE

L'inquieta distesa del mare
dal dorso squamoso di rettile
spazzata da furia di venti
blu cupa spumeggia. Folate
sollevano al cielo le nubi
dal fosco color di tempesta.
Dai ruvidi fianchi del monte
si levano densi vapori
che hanno parvenza di un inno:
"...noi sia che viviamo o moriamo
siam sempre di Cristo..."- è nell'aria.

IN AUTOSTRADA

Sfila allc nostre spalle in rettifilo
il nastro autostradale che s'immerge
tra verdi ondulazioni di colline
dove bianche si sfioccano nel cielo
nuvole, che si aggrappano alle cime
di pioppi allineati all'orizzonte.

Mi parli, ma non sento la tua voce:
nel ronzio sonnolento del motore
io rivedo a ritroso la mia vita,
incessante rincorrersi di giorni
come grani infilati di rosario.
Stupefatta stagione dell'infanzia
tra corse e gridi, inquieta adolescenza
aspra di acerbi amori ed incompiuti;
poi l'irrompere vivo dei tuoi occhi
carboni ardenti impressi sui miei anni
come un marchio indelebile d'amore.

La casa insieme, i figli, la fatica
del lavoro per crescerli alla vita
e sempre ad ogni giorno la sua pena,
tutto quanto nel tempo di un respiro……..

….ora sì la risento la tua voce
mentre parli con tono divertito
dell'impresa dell'ultimo nipote.
Guardo il cielo solcato dalle nubi
che lente si dirigono all'approdo
di un porto dove s'indovina il mare.

ESTIVA

Riposa all'ombra della stanza accanto
il piccolo nipote con la madre
nell'ardente calura dell'estiva
giornata che si spande per l'azzurro
sfolgorante di luce meridiana.

Scivola il mare verso l'orizzonte
alla brezza che infila le cimase
e smuove nel respiro panni e tende.
Un gabbiano volteggia sulla riva,
nell'aria è come un canto di sirene.
Sfreccia un treno radente tra le case.

Pietra Ligure, 13/7/ 2012, ore 16

E qui mi fermo, in attesa che la Musa che detta i versi ai poeti decida, se crede (e se non è particolarmente sdegnata con l'autore), di passare ancora un giorno o l'altro da queste parti.

ARIA DI......

Aria: *miscuglio gassoso inodoro, insaporo, comburente, costituito essenzialmente di azoto e ossigeno, che forma l'atmosfera indispensabile alla vita animale e vegetale.* E' questa la definizione che lo Zingarelli, 1994, dà del termine. Ma se diciamo *aria viziata, chiusa, stagnante*, contrapposta ad *aria fresca e pura*, vi associamo anche l'idea di qualcosa di oppressivo e malsano che ha invece il suo opposto in un'idea di piacevole benessere: ricordo che mio fratello, disabile con problemi di afasia espressiva, chiedeva di poter uscire, in alcuni momenti della giornata, dalla residenza protetta in cui si trovava, " Fuori con aria"; con tale espressione evidenziava un altro significato pregnante della parola, cioè di *aria aperta, circolante, vitale*, equivalente a "manifestazione di vita piena e libera". Istanza da sempre presa in considerazione e prontamente recepita anche sul piano formale dalla residenza che lo ospita, la Fondazione Danelli di Lodi, che pubblicava il suo notiziario periodico appunto con il titolo emblematico di FUORI CON ARIA NEWS.

Talvolta nella pittura, soprattutto impressionistica, l'aria è l'ambiente, l'atmosfera in cui vive un quadro, *en plein air* appunto, dal momento che gli effetti figurativi e cromatici traggono particolari vibrazioni dall'azione dell'aria immersa nella luce naturale esterna. Ben lo sapeva Filippo de Pisis, quando, preoccupandosi di fare lo sfondo alle sue tele, diceva che "ciò che preme è l'aria, in cui...valori cromatici o oggetti vari devono respirare e prender vita". E' un po' il concetto di uno spazio libero e ampio, che l'arte può e deve riempire per dare una vita perenne e incorruttibile all'opera. Senza contare che col termine aria spesso si sottintende un aspetto "morale", un carattere di un soggetto, sinteticamente percepito (si dice: "ha l'aria stanca, dimessa....-oppure- ha l'aria allegra, spensierata"). Aria quindi come essenza vera, clima, temperie, *milieu* in cui l'opera d'arte prende vita e sussistenza.

In campo musicale l'aria è invece un pezzo breve per voce e orchestra di struttura strofica o libera, articolato in varie parti, perlopiù di carattere melodico: un'occasione di canto che trascura un po' il recitativo, cioè l'elemento narrativo. Non ha la forma indeterminata e la grande espansione lirica della romanza, ma nel suo limitato spazio espressivo punta a trasmettere emozioni immediate e spontanee. L'*aria da concerto* è una forma musicale destinata ad un pubblico non vasto, sensibile agli aspetti formali dell'esecuzione e capace di cogliere le sfumature di sentimenti- gioiosi oppure drammatici- a volte appena accennati o espressi con semplicità e verità. W.A. Mozart, che nella sua produzione non trascurò alcuna forma musicale, compose numerose arie da concerto che sono (né potrebbero non esserlo) piccoli gioielli di tecnica musicale e di felicità espressiva, dove la musica possiede un valore intrinseco in grado di modificare "miracolosamente" anche il significato letterale delle parole di testi, talora di valore poetico assai modesto.

Da quest'*aria un po' vaga,* quanto a incertezza semantica, sono nati questi miei scritti che non avendo del romanzo né il fiato, né l'andamento, né l'impalcatura esteriore, si riducono alla fine a brevi divagazioni perlopiù autobiografiche. L'assimilazione a una forma musicale specifica è del tutto arbitraria, tuttavia per me sufficientemente valida e coerente: la brevità e l'articolazione dei pezzi, la contenuta espansione lirica, la fruizione facile e immediata, avvicinano in qualche modo questi testi a quel tipo di espressione musicale di cui sopra si è fatto cenno. L'intento era quello di immettervi quel tanto di *"musica e pittura"* che, se lo scopo fosse raggiunto, rappresenterebbe il risultato più desiderabile di un prodotto artistico e porrebbe felicemente l'autore in quella" lunga serie di prosatori e poeti che tradussero in atto una diffusa istanza di pittoricismo e di musicalità narrativi, che tentarono cioè d'immettere nel gioco della pagina espliciti richiami a una partitura musicale o alle forme e ai colori di un quadro (Carlo Linati)". Oppure, per dirla con le parole di un altro critico "scapigliato", Gian Pietro Lucini ne *Il verso libero*: "Tutto che in letteratura darà Musica ed Imagine, legate indissolubilmente, sì che l'una sia nell'altra compenetrata, ma non perda la sua natura, né si confonda; sì che l'altra vesta la prima, non con abiti posticci e comprati dal rigattiere, ma con giuste maglie e perfette guaine seriche e dorate, sarà Poesia…."

Ambizioso progetto, ma difficile da realizzare; tanto che, se ci si allontana un po' troppo dallo spartito originale è facile *finire a gambe all'aria* o addirittura, andare fuori giri, fare metaforicamente una brutta fine, cioè *saltare in aria.* E se qualcuno avrà l'impressione che quello che è stato finora detto sia solo una serie di osservazioni un po' astratte, senza capo né coda, rappresentate da frasi fatte e luoghi comuni, potrà giustamente affermare (ma speriamo proprio di no) che si tratti di *aria... fritta*!

Indice

youcanprint

Finito di stampare nel mese di Settembre 2012
per conto di Youcanprint *Self- Publishing*